失予

嗑憂果

【推薦語】

以最遙遠的距離，寫最接近的浪漫。

在失予的詩裡透著像是薄霧帶雨的早晨感，那是種慵懶且多愁的樣貌。寫最好的樣子卻得讓自己浸濕在想念的氛圍哩，一字一句都帶著稀薄的氣息，都在每一首詩裡藏起最深層的「戀」與「念」。透過她的文字，越發夜裡陣痛般的思緒。

網路知名手寫家／柏森

失予的文字很悲傷，但或許我們在閱讀這本詩集的同時能夠緩緩前行，一起找到痊癒的能力。

故事人／狼焉

【推薦語】

　　開始在網路寫字之初，便與失予的文字相遇。

　　失予的詩句很妙，她不用過於華麗的辭藻堆砌；也不用久遠晦澀的典故鋪陳，她的語句時而幽默，甚至有點想笑；時而錐心，需要一大口深呼吸。

　　嗑憂果，寫愛情、寫社會、寫焦慮，每個章節都是不一樣的失予。

　　她用平凡的口氣說一個故事、談一段戀愛，但也最貼近我們這些芸芸眾生的心跳。

網路知名手寫家／賴懶

【自序】

　　我不是一個身體裡有很多美麗文字的人，也沒有想要傳達什麼新穎的觀點。所以看完我的文字以後，如有不如預期，先敬請見諒。

　　其實我常常在想，出這本詩集，要幹嘛？或者是我想要告訴世界什麼？（當然不會是世界，所以假設會讀《嗑憂果》的有10人好了）

　　我試著深深地去觸碰自己的潛意識，釐清出《嗑憂果》可能可以為我做兩件事。我想第一應該是，從別人與自己的眼光，面對自己。我希望藉由此書，讓自己與那些知道我的人，看穿我最黑暗卻最真誠、真實的本質，揭發自己是一個天生就擁有焦慮症的人（坦白說多年來我老是害怕讓人們知道這件事，因為不確定標籤何時被黏妥，眼光會被扭曲成何樣）。當我決定要出版《嗑憂果》的那一刻，我好像要我自己別無選擇，讓世界認識自己，讓它果斷決定要遺棄我，還是繼續愛我；否定我，還是欣賞我，或者是我希冀的，依然視我為原本的樣子。

　　我不知道現代的台灣人怎麼看待憂鬱症或焦慮症，但以我所知，有部分的人，在談論自己可能患有憂鬱症時，還是會壓低聲音；懷疑自己有焦慮症時，還是會避免走進醫院裡的精神科，因為沒有人會想

要自身是個精神異常的人。但在這樣想之前,是否有給這個症狀一個機會,讓自己去了解?什麼是生病,什麼是正常?而真的有所謂正常人嗎?

這就是我想要告訴大家的第二件事,正視自己的問題,面對自己可能偶爾也會生病,如此才能確實地從根本治癒自己內心的恐懼,不要讓社會或是媒體控制了自己,去避免自己成為什麼,強迫自己又應該成為什麼。而是全然的接受自己的任何一個面向,脆弱、神經質、恍惚、極端、疲倦、或者是異常。

現在的我,怎麼看待命中注定的焦慮,坦白說我不但接受了,甚至喜歡,喜歡它是我的一部分,因為沒有它就沒有《嗑憂果》,而焦慮症,也同時被詩拯救著。當我快樂的時候,我是寫不出來的!正如我最喜歡的詩人任明信說過「無法寫詩的時候,就好好活著吧!」

輯一　寫愛情

「愛上你的代價是想念,但愛上你的收穫是無窮無盡的靈感」

愛情有太多種樣貌,單戀、熱戀、失戀,但有些感情的漣漪是沒有詞彙的,好比被對方愛卻不愛對方的享受,好比利用他人的愛來勾引另一個人的念頭。這些皆來自邪惡嗎?愛只有正面的,才算數嗎?

輯二　寫社會

「年輕的你　總以為　只要滿腔熱血
就能天下無敵　最後　也不過是　燙傷了自己」
關於社會在走,我從沒滿意過。

輯三　寫焦慮

　　「下過地獄的人　才配擁有天堂」

　　是每一次的換季時節，才能讓我吐出來的絲。概括了生病為自己帶來的感受，從季節性敏感、人群的恐懼，到服著克憂果維生，從厭惡生病到把這份天賦，當作是自己一份無人取代的禮物。

目次

——— 輯三　下過地獄的人

愛上你的代價是想念啊
但愛上你的收穫
是那無窮無盡的靈感

心跳

老師說
大象壽命最長
老鼠最短
因為哺乳動物壽命一生平均只能跳 25 億下

難怪遇見你之後
我開始有短命的現象

＊《單位展》展覽觀後感

七八

最近遇到一個七八的人
讓我都七晚八晚了
還在為他七上八下

咖啡因

羨慕那些不會因為
咖啡因
而體質過敏

不會因為
感覺
而遮住了眼睛

不會因為
愛
而暈眩

不會因你
而天堂或地獄
的
人

有事嗎

我沒你沒事
但沒事會想你
但沒事
沒你的事

心理醫生

起因
病了而遇見你
現在卻因你
而病得更深

承受

尼采說

懂得為何而活的人
通常能承受任何

而我說

懂得為你而活的我
僅能承受
你愛我

不可收拾

先走一步的人就輸了
因為在你踏出了那一步之後
你才發現
前方懸著空
當你想收回去
你已經掉下去

現實與夢境

想你了　就下雨
想哭了　就閉上眼睛
想睡了　就到夢裡

夢醒了
回到現實
仍整場都是你

停損點

說好
等倒數第二片葉子落下
你再沒有音訊
我就不再愛你

拼圖

你給我的拼圖我一直沒有拼
就像我們的感情
我要的回應
你從來就沒有聲音

所以到了最後
我們的愛
就只能碎在一起
沒有在一起
卻被沉默藏在盒子裡

如果你是一首詩

如果海是一首詩
你是風
我是每次因你而起的浪花

如果湖是一首詩
你是心
我是你最外的那層漣漪

如果月是一首詩
你是光
我是與你永不交會的夜影

如果你是這首詩
那麼我
便不出現在這首詩

愛情

沒有見過面
是形成愛最大的理由
如果見了面
什麼關係也不會有

所以在見面之前
先放下這段感情
畢竟你曾說

感情可以收
收到後來
沒有自己
沒有了愛的能力

你說這都是愛情的問題
但錯的愛情不收起來
也沒有意義

我愛你

「我愛你」
「我也愛你」

但你們對愛的信仰
卻大相逕庭

燈具

我是你沒有陽光時的慰藉啊
是一夜情
是你黑暗時才會想起
是那個沒有被真心愛過的
替代品

你的價值

羨慕別人的光
忌妒別人的不放心上
有時你就是要成為那個飄渺的
黑暗

擔心的太多
像大雨般瘋狂
有時候你的心就是要有那散不去的
霧靄

當他的笑聲
輪不到你身上
你也不用責備自己不能給予氧氣與陽光

有時候他也會在黑暗的時候
需要陪伴

偷情

一想起海　還是會淚流
過去你自以為海
只會有海的模樣

這次你換個時辰
去看看它
卻發現它轉為陰暗
還總是倒映著月亮

人間

那天　我看見你愛笑的眼睛
那是天堂
那天　我看見你不見蹤影
那是地獄
那天　你離開了我終於
那是人間

從沒想過　活死人的感覺
直到活過來以後
才聽見人們談天
以前那聲音　多麼遙遠
只有你的聲音　才最真切

從沒想過　要傷害誰
直到活過來以後
才開始看見自己的傷疤
無法復原

以前那撕裂　　沒有感覺
唯有你的行為　　才痛得真切

那天我看見你愛笑的眼睛
盯著他人的神情
那迷人的面孔同樣以愛笑的眼睛回應

我很抱歉　　我很抱歉

當初留給你
不只淚水
而是
不止的淚水

人生很難

躺著不難
躺著要睡著
很難

說話不難
說話要算話
很難

走路不難
走路不跌倒
很難

微笑不難
微笑看人生
很難

愛你不難
愛著心有所屬的你

好難

洞

我的袋子破了一個洞
遺落的是

你的袋子

你的袋子破了一個洞
遺落的是

我的袋子

從此以後
我們尋不了彼此

暴風圈

忘掉你的名字
就像要我在暴風雨裡
不要淋溼

天注定

老天誤把你的地址
寄到我這邊

我寄了封情書
卻被你退回

牲活

衣褲在床頭
背包內的物件
撒落在衣櫃前頭
果蠅從上個月的便當盒湧出以後
我的悲傷也湧上了心頭

模糊了視線
不是眼淚
而是沒你的房間
沒有人告訴我眼鏡在哪邊

槍

愛最後像一把槍
把人廝殺
回不了完整的樣貌
流落於最狼狽的醜樣

殺的是彼此

血肉模糊
卻清晰見骨

愛最後像一把槍
留下的是血
乾得痕跡怎麼也拭不掉也清不了

備胎

你喜歡他
去了香港
三餐總是與你分享

你心裡想著
唐綺陽說的
就是他了吧
那個六月會出現
卻又要你不要太快的人

其實
你已經有喜歡的人
只是在防備
喜歡的人有了另一個愛人
你再把他拉進
你的火坑

魚

水中風景
如你
以鰓氣息
你說這是你的生活方式

我則是遇見了你
才懂呼吸

＊《水中風景》展覽觀後感

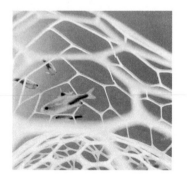

心肝情願

我努力熬夜
只為逃避結束你的聲音
你是肝
我才甘願去睡

安全感

你在睡覺時
一定要關燈

但我無法承受
在夢裡

沒有你的眼神

於是你撫摸
我右邊的左耳

告訴我
你愛我

明天起床
我們就結婚

小孩

給你十分鐘
讓你思索
剛才電影的意義

她說
「我們就到這」

代表小孩先不生
但愛你這件事
是一生

比例

世界很小
你很大
生命很短
唯　有你很長

永別

你要的我給不起
我要的你不想給
所以到最後也沒有藕斷絲連
只有不過問的靜候
卻等不著的佳音

過去　未來

我今天撞上了人啊
但那人不是你

是我的青春
像鳥兒不復返

是你的蒼老
像雲海摸不著

情慾

想著你可能的吻
我無法專心

那樣的感情
卻又愧對於自己

情慾勝過於愛意
心與身體相抵

這樣的感情
你談不起

但我真的沒什麼問題

我的世界

因為你
我的腦中畫面一直都像這
這世界上最美的日落

偶爾知道
該沉的還是要落

卻執意於留下
最美的顏色

但看著看著
也只能看著你
那背光的陰影
反倒沒有顏色

因為對我來說
當你背對著我時面向所有人
就足以讓你成為
最骯髒的顏色

封鎖

擔心不被愛就抗拒
不被在乎就恐懼
沒有一個情人
能夠成為你心上最重要的人

無法忍耐　寂寞難耐
只能尋求其他不夠認識的人
來填補你心中的破痕

擔心不被愛就封鎖
得不到情人的訊息以後
也讀不了別人的訊息
再也沒有話說

但
腦內的訊息
卻比千言萬語
還要囉嗦

馬戲團

把自己的戲碼
預設在別人身上
心裡亂了麻
卻說不了內心的想法

迴圈在心頭搔癢
你卻依然要你的戲團

當每隻動物
被你玩弄得花枝亂綻
我卻被你搞得不像樣

囚禁

以前的我以為
我要有你才有辦法活

現在的我發現
沒有你我才活得更好

原來這就是失戀的收穫

失去了戀情卻得到了本性
原來
愛上你的代價是囚禁

浪

說沉就沉　說浮就浮
臣服於你的浪花底下
我醉得荒誕

搖啊又搖　晃啊又晃
直到我真的暈頭轉向
才迷糊得離開你的身旁

早已知道
這樣子玩並不健康
但沒有你的情話
我糜爛得情何以堪

早已明白
這樣子過並不營養
但沒有你的浪漫
我分秒都活得不像樣

搖啊又搖　晃啊又晃
直到那天離開你後
我才知道
生活原來無需沉醉於浪花
不必跟你起伏　不必隨你跌宕
不必要你的浪　不必浪漫
生活是要像天空的鳥
那才是最真切而自在的天堂

陳年往事

老城窗外　有些老事
是你不知道的事

比如　沒有愛的情事
關乎於你也會寫給我的詩

記得那天下雨　我的名字
被你寫成三行詩

第一行　沒有意思
第二行　有點意思
第三行　我聽得出來
你對我也有意思

只是後來雨停了

我沒透露聽懂了
你沒過問後續了

這情事
就變成了老朋友
拿來憶往當年的故事

累積故事
來變得世故

厭事

我眼裡讀著字
腦中想著事
手中撕的紙
破了眼裡讀的詩
紙裡有詩
詩裡有字
字裡有事
事裡有屎

傷悲的石頭

每個人的一生
都是石頭
崎嶇不堪
卻絕無僅有

將因時間而被催得圓滑
便更懂得在碰撞彼此時
不刺傷對方

代價卻是找不到補足自己的一角
變得不是自己了
對的伴侶也從無判斷了

職場

背著捅你一刀是一招
明著捅你一刀是高招
真的捅你一刀要去坐牢

笑容裡　帶把刀
走路才不會滑一跤

眼光

我本來要出發去旅行
但是鞋子開口笑了
所以我也就不去了

酷

大家都愛裝酷
深怕不酷了
就被討厭了

同學會

該打的招呼還是打了
該撐起的微笑還是撐過去了
今天沒發生什麼壞事
才發現我根本沒去其實

大人

累積故事
來變得世故

夢想

年輕的你
總以為
只要滿腔熱血
就能天下無敵

最後
也不過是
燙傷了自己

友誼

你需要的時候他
未必在
但

他會在不想輸的時候
一定在

偷生

活著不用太認真
就苟且偷生
沒了人生
不過也只是枉費你媽
生
你這個畜生

意義

有些人　彈了一輩子的琴
來發現自己適合成為棒球選手

有些人　看了一輩子的書
來遺忘所有內容

有些人　學了一輩子的知識
來發現知識沒用

有些人　尋了一輩子的真命天子
來拼命擺脫

有些人　練了一輩子的放手
來精通執著

有些人　交了一輩子的朋友
來證明自己有朋友

而有些人
則花了一輩子的時間
努力賺錢
最後卻花掉所有
請了一位殺手

你也是個人

越是討好
越是引來吃力不討好
越是迎合
越是與人處處不合
人何苦為難人
你又何苦為難你自己這個人

無題

射前有禮
射後不理
事後逃避
大肚是你
拿掉可以
生下不行
三歲而已
哭到斷氣
人生如戲
戲中有你
你不滿意
誰想鳥你

邂逅

我把鼻涕
沾染在某本詩集
等待
下一個人
乾掉的時候
滑過

佛系人生

不用用皮帶絞脖子
不用用刀片割手指
緣分到了
自然就會死

自我

你覺得的
永遠是最對的
不是你想聽的
永遠都不要告訴你
你永遠最委屈
你永遠是最有深度與最客觀的
你永遠不應該被譴責
你永遠都有一股傲氣
卻也擁有最深層自卑

命運

你太年輕了

真相

為了取暖
才戀愛

為了討好
而分開

為了炫耀
才戀愛

為了世俗
而分開

為了自己
什麼都
不重要

為了彼此
什麼都
辦不到

追求

他花了十天
期待一本預購的書
書花了一輩子的時間
等他翻閱

仿名牌包

裝得了一時
裝不了一世

無題

1.

生活沒有你想像中的難
比你想像中的還要更難

2.

不想做一粒沙
就做兩粒

無題

3.

焦慮不會解決問題
但會解決你

4.

生命必須有裂縫
水才能進來把你淹沒

無題

5.

即使世界不斷讓你失望
還是要繼續互相傷害

6.

感謝那些曾傷害自己的人
讓我學會了殺人

日復一日

你努力遺忘過往的情人
警惕著要成為善良的人
但日復一日的
雜碎的
不重要的
仍把你原本想要
認真的
成長的
在乎的
一步一腳印給吞沒

於是你
像個孩子

心靈飢渴就恐懼
不順己意就生氣
然後再慢慢的不滿意自己

假使沒有瑣碎的日常
每天都是無常
你終究還是會習慣無常
並視為日常

於是日復一日的不滿
就僅成為了
你的如常

下過地獄的人
才配擁有天堂

克憂果

一天一粒
增強抵抗力

輯三　下過地獄的人

流星

身體的事情
幾乎擊垮整個我
嘴中的苦澀
似乎正說著

你能做的已經不多

常常在想
人為什麼有那個力量建造一座橋
而我
就連吃口飯
起個床
都有麻煩

上天給每個人的
本來就不同

而我
只是剛好

不是太陽

不是月亮

是那顆殞落的星辰
自出生起
就等消失

曙光

在擔心自己瘋掉的當下
我還能寫詩

誰能體會
在安然無事的環境之下
你莫名的擁有要瘋了的感受
卻又沒真的失控

這是這世界上最值得慶幸的事了
你百感交集情緒強烈
卻沒有真的去傷害誰
你以為你會
但你寫在詩裡

詩是曙光
多一首就少殺一個人

輯三　下過地獄的人

砰

那些往自己額頭開一槍的
都是勇氣

體質

你有兩種方法足以把自己放掉

1.
把百憂解戒掉

2.
試著嚐試咖啡因的味道

有些人活著就像皮屑

後來才發現
抵抗世界
是我認識世界唯一的方式

有些人天生適合存活
有些人該消失
我只是剛好屬於後者
不屬於別的

世界偶爾也需長出與其有所抗拒的異物
就像人體會有病毒

但
我也不是病毒
我是依附著世界卻危害不了世界的皮屑
掉了這世界
也視若無睹

共生

嚮往著與世隔絕之地
也不敢出發

要知道
梵谷牽到了烏托邦
也不會快樂

要知道
憂鬱並不是件外套
可以脫掉

要知道
那些與你共存的
你只能接受它

胎記
疾病
基因

只有在你死去的時候
它才會死去

割掉左耳
不夠

殺了自己
可以

焦慮症

沒有想到會這麼焦慮
早知道在離開那場合之前
先把桌子拍了
再把桌子翻了
確定不再有人會愛我以後
走出去

反正本來就沒有人愛我
只是沒想到會這麼焦慮
早知道在大吵一架以前
先把舊帳翻了
再把分手提了
確定不會再有未來以後
走出去

反正本來就沒有人愛我
只是沒想到會這麼焦慮
早知道
先把自己搞砸了
再把自己弄碎了
確定不會有人報有期待以後
走出去

反正本來就沒有人愛我
只是沒想到會這麼焦慮
早知道先把命給結了
說不定也許就不會這麼焦慮
自己什麼時候
死去

換季

我停不了這氣候所帶給我的感受
就好像要寫些什麼才有辦法解脫
曾經有人說
真不知道那些沒辦法透過繪畫寫作譜曲的人
怎麼度過
這憂鬱症的生活
我也是好奇
是否有人才會選擇解脫
臨陣逃脫

關於應該

所有人都應該為自己負責
沒有人應該為你的人負責

所有人都應該有一個夢想
沒有人應該支持你的夢想

所有人都應該讓自己成長
沒有人應該因你才有成長

所有人都應該有一點情緒
沒有人應該承接你的情緒

所有人都應該好好愛別人
沒有人應該好好愛的是你
這個人

取代

我喜歡現在這個樣子
可以被取代
像是沒有我或者有我
都好像沒有差的樣子

不要以為我在寫悲傷的詩

若我被取代
意謂著
我可以一走了之
我可以不負責任
沒有虧欠的
去做我自己
原來沒有靈魂的樣子

霧霾

帶你模糊
而模糊是你最自在的方式
一旦一切沒那麼清楚
可能性就擴大乘百倍

那些糟糕的事件
也就不那麼確切

霧裡看花 花才最美
霾裡看海 海才最遼闊而沒有界線

原來讓一切都不是那麼絕對
才是自在幸福的根本
最純粹

輯三　下過地獄的人

自然法則

該是星空的
就還給星空
該是海洋的
就還給海洋
該是你的
就還給自己
其餘
不搶奪
不強求
把別人的還給別人以後
你要好好的為自己閃爍

家

留一盞夜燈
給迷途的你
然後
你就會驚覺
陌生的夜裡有親密的指引

原則

時間可以淬鍊出更真摯的感情
真誠可以篩選出更合適的靈魂
放手可以吸引到更確切的人
同理可以得到更快樂的人生

語言文學類　PG2202　秀詩人57

嗑憂果

作　　　者/失　予
攝　　　影/失　予
責任編輯/鄭夏華
圖文排版/黃逸榛、莊皓云
封面設計/黃逸榛
封面完稿/蔡瑋筠

發 行 人/宋政坤
法律顧問/毛國樑　律師
出版發行/秀威資訊科技股份有限公司
　　　　　114台北市內湖區瑞光路76巷65號1樓
　　　　　電話：+886-2-2796-3638　傳真：+886-2-2796-1377
　　　　　http://www.showwe.com.tw
劃撥帳號/19563868　戶名：秀威資訊科技股份有限公司
　　　　　讀者服務信箱：service@showwe.com.tw
展售門市/國家書店（松江門市）
　　　　　104台北市中山區松江路209號1樓
　　　　　電話：+886-2-2518-0207　傳真：+886-2-2518-0778
網路訂購/秀威網路書店：https://store.showwe.tw
　　　　　國家網路書店：https://www.govbooks.com.tw

2019年6月　BOD一版
定價：260元
版權所有　翻印必究
本書如有缺頁、破損或裝訂錯誤，請寄回更換

國家圖書館出版品預行編目

嗑憂果 / 失予作. -- 一版. -- 臺北市 : 秀威資訊
科技, 2019.06
　　面；　　公分. -- (語言文學類 ; PG2202) (秀
詩人 ; 57)
　　BOD版
　　ISBN 978-986-326-687-7(平裝)

851.486　　　　　　　　　　　108006057

讀者回函卡

感謝您購買本書，為提升服務品質，請填妥以下資料，將讀者回函卡直接寄回或傳真本公司，收到您的寶貴意見後，我們會收藏記錄及檢討，謝謝！如您需要了解本公司最新出版書目、購書優惠或企劃活動，歡迎您上網查詢或下載相關資料：http:// www.showwe.com.tw

您購買的書名：_____

出生日期：_____年_____月_____日

學歷：□高中 (含) 以下　　□大專　　□研究所 (含) 以上

職業：□製造業　□金融業　□資訊業　□軍警　□傳播業　□自由業
　　　□服務業　□公務員　□教職　　□學生　□家管　　□其它_____

購書地點：□網路書店　□實體書店　□書展　□郵購　□贈閱　□其他

您從何得知本書的消息？

　□網路書店　□實體書店　□網路搜尋　□電子報　□書訊　□雜誌

　□傳播媒體　□親友推薦　□網站推薦　□部落格　□其他_____

您對本書的評價：(請填代號　1.非常滿意　2.滿意　3.尚可　4.再改進)

　封面設計____　版面編排____　內容____　文／譯筆____　價格____

讀完書後您覺得：

　□很有收穫　□有收穫　□收穫不多　□沒收穫

對我們的建議：_____

_____

_____

_____

11466
台北市內湖區瑞光路 76 巷 65 號 1 樓

秀威資訊科技股份有限公司　　　收

BOD 數位出版事業部

....

（請沿線對折寄回，謝謝！）

姓　　名：＿＿＿＿＿＿＿＿　年齡：＿＿＿＿　性別：□女　□男

郵遞區號：□□□□□

地　　址：＿＿＿＿＿＿＿＿＿＿＿＿＿＿＿＿＿＿

聯絡電話：(日) ＿＿＿＿＿＿＿＿　(夜) ＿＿＿＿＿＿＿＿＿

E-mail：＿＿＿＿＿＿＿＿＿＿＿＿＿＿＿＿＿＿